# Suzzies fortid og Bentes ferie

**Hæfte 4**

af betaudgaven til

Kunsten at forføre en bibliotekar

# Kunsten at forføre en bibliotekar

# Hæfte 4

# Suzzies fortid og Bentes ferie

Betaudgave i begrænset oplag

Work in Progress

Af Henrik Neergaard

Suzzies fortid og Bentes ferie

Hæfte 4 af Betaudgaven af

Kunsten at forføre en bibliotekar



Forlag: BoD · Books on Demand, Strandvejen 100,

2900 Hellerup, bod@bod.dk

Tryk: Libri Plureos GmbH, Friedensallee 273,

22763 Hamborg, Tyskland

ISBN: 978-87-4306-037-6

# En tragisk skæbne

Bente og Suzzie fortsatte med at mødes en gang imellem for at snakke sammen og lære hinanden lidt at kende. Når de mødtes, startede de som regel med at spise aftensmad sammen, og så sad de og snakkede om alle mulige ting resten af aftenen. Hvad der sådan lige faldt dem ind. De havde allerede mødtes flere gange. Denne gang var det Suzzie, der var vært for deres lille sammenkomst. Der var kun de to.

Suzzie havde selvfølgelig sørget for maden, og der var rigeligt. Men hun var sluppet meget nemt om ved det, syntes Bente, for hun havde bare ringet efter noget fast food. Der var pizza og pommes fritter og nogle krydrede kyllingenuggets og en slags isdessert og en flaske billig rødvin. Suzzie var vist vant til at spise meget fast food. Det var Bente ikke. Men de skulle jo lige vænne sig til hinandens forskellige måder at gøre tingene på.

De havde fundet frem til, at de skulle fortælle noget om sig selv og deres opvækst, så de kunne lære hinanden og deres baggrund lidt bedre at kende. Bente lagde for med at fortælle om ingeniørfamilien i Aalborg. Det sværeste for hende var, da hun skulle fortælle om bilulykken, hvor begge hendes forældre var blevet dræbt. Hun skulle selv have været med i bilen, men meldte fra med kort varsel. Det var jo lidt af en mundfuld. Det var ganske vist syv år siden, men hun kunne mærke, at det stadig påvirkede hende en hel del at tale om det.

Efter en god stærk kop kaffe var det Suzzies tur. Bente var godt klar over, at hun nok ikke havde haft det særlig nemt, ud fra alt det med, at Suzzies mor var blevet stemplet som familiens sorte får. Men hun blev alligevel chokeret, da hun hørte, hvordan det havde været.

Suzzie lagde hårdt ud lige fra starten: ”Min mor var narkoluder, men det har du sikkert hørt. Men det var hun altså. Eller det blev hun. Der var jo nogen, der gjorde hende til det. Det var først efter, at hun havde fået mig og efter, at hun var flyttet til København.

Min mor stammede jo fra Aalborg, ligesom min far og din familie. Bare hun var blevet der. Der var der, hun havde mødt ham din farbror, Karl-Erik, som er min far. De giftede sig og fik mig. Men ægteskabet holdt ikke ret længe. Det var vist min mor, der ret hurtigt blev træt af Karl-Erik. Hun syntes vist, at han var lidt tung i det, og noget sløv i optrækket. Hun var vist begyndt at længes efter en, der var lidt mere gang i. det har hun selv fortalt mig. En med lidt mere krudt i røven. Og det fandt hun så. En fyr, der hed Kenneth. En rigtig flot fyr. Høj og flot og charmerende. Sådan en, som alle pigerne var vilde med. Hun var sikkert pissestolt over, at det var lykkedes hende at score ham. så hun blev skilt fra Karl-Erik og giftede sig med Kenneth i stedet, og så rejste de til København. Min mor tog selvfølgelig mig med. Så der mistede jeg forbindelsen med min far. Jeg kunne slet ikke huske ham. Jeg var kun knap to år gammel. I mange år gik jeg ud fra, at det var Kenneth, der var min far. Men min mor rejste altså til København sammen med Kenneth. I begyndelsen gik det meget godt. Min mor var så smuk. Vil du se nogle billeder af hende som ung?"

Hun fandt nogle gamle amatørfotos frem og viste dem til Bente.

"Er hun ikke smuk? Hun var så smuk og blid og kærlig. Det sagde alle, der kendte hende dengang. Var det derfor, mændene blev så vilde med hende, så de begyndte at udnytte hende? Hvis hun nu havde været en sur og tudegrim kælling, der vrissede af alt og alle, så havde hun måske fået lov til at være i fred, uden at der var nogen mænd, der gad udnytte hende og prøve at lave penge på hende. Det har jeg tit tænkt på. Hvor er det urimeligt, at det skal være sådan, synes du ikke?

Men efter hvad jeg har fået at vide," fortsatte Suzzie, "så begyndte det meget godt i København, men det begyndte hurtigt at køre skævt. Min mor havde fået arbejde i et supermarked, og det var jo meget godt til en start, bortset fra, at lønnen ikke var ret høj. Kenneth havde fået den idé, at han ville starte et vognmandsfirma med små lastbiler og store varevogne, i stil med det, der hedder Mini-Trans. Så han fik anskaffet en kassevogn, der var et par år gammel. Købt på kredit selvfølgelig. Problemet var bare, at han havde svært ved at få nok at køre med, så han tjente ikke ret meget. Han kunne dårlig nok klare afdragene på bilen. Han gad vist heller ikke gøre sig særlig meget umage med det. Han ville hellere feste. Allerede i Aalborg havde han været noget af en festabe, der helst ville gå i byen og feste så tit som muligt, men han havde dog prøvet at holde lidt igen.

Men nu tog det helt overhånd. Med sit udadvendte og charmerende væsen havde han en særlig evne til at gøre sig til festens midtpunkt, så han kunne sole sig i alles og især pigernes beundring, og det gav ham åbenbart noget, som han nærmest var blevet afhængig af.

Så nu festede han igennem torsdag, fredag og hele weekenden og duede ikke til ret meget resten af ugen. Han drak mere og mere og røg en masse hash, og var begyndt at tage nogle opkvikkende stoffer, så han kunne holde den gående hele natten. Han prøvede også at hive min mor med til de der fester, men det gad hun ikke altid, og så blev han sur på hende over det.

Hun havde jo også mig, hun skulle tage sig af, og jeg tror nok, jeg var hendes et og alt. Det har jeg fået at vide af dem, jeg kendte dengang. Jeg var efterhånden blevet omkring fem år, så jeg har selv nogle erindringer fra den tid. Jeg husker min mor som den kærligste og mest omsorgsfulde mor, man kunne ønske sig, og hvis største ønske var at gøre det så godt som overhovedet muligt for sit barn.

I mellemtiden var Kenneths lille vognmandsfirma gået fallit og havde efterladt en gæld, som han havde fået tørret af på min mor, så hun kom til at hænge på gælden, selv om hun slet ikke havde haft noget med det at gøre. Han gad åbenbart ikke finde sig et almindeligt arbejde, så nu ville han have, at min mor skulle forsørge ham – og det vil sige også skaffe penge til alle hans druk- og værtshusture og stigende forbrug af stoffer. Og det var jo umuligt med den løn, hun fik i supermarkedet.

Men så sagde han, at hun da nemt kunne tjene nogle ekstra penge. Han var sikker på, at der var mange af de mænd, han kendte og dem, han mødte til festerne, der gerne ville betale penge for at være sammen med én, der var så flot og lækker som hende. Min mor sagde nej, men han var begyndt at blive mere grov og undertiden også voldelig, og til sidst fik han presset og truet hende til det. Bare nogle få stykker, og hun måtte da godt beholde lidt af pengene selv, sagde han. Det var sådan, det begyndte.

Heldigvis skulle hun ikke ud på gaden og trække. I stedet kom mændene hjem i vores lejlighed, hvor vi boede. Snart blev det sådan, at der kom 2-3 mænd hver aften, når hun var kommet hjem fra arbejde, og 6-7 stykker lørdag og søndag, når hun ikke skulle på arbejde i weekenden. Kenneth skulle have alle pengene, og han førte nøje regnskab med, hvor meget hun tjente. Så hun kunne ikke engang bruge nogle af pengene til at betale af på den gæld fra hans mislykkede vognmandseventyr, som han havde fået læsset over på hende. Nej, det måtte hun skam selv ligge og rode med. Sådan var han blevet over for hende. Han var efterhånden blevet så grov, så hun ikke turde sige ham imod.

Efter et stykke tid forlangte han, at hun skulle gå ned på halv tid i supermarkedet og så tage nogle flere mænd hver dag. Hun turde ikke sige nej, for han havde vist, at han også var parat til at gøre alvor af truslerne. Hun havde det dårligt med at skulle prostituere sig. Enormt dårligt. Af og til kunne hun ikke styre sig, men blev sur og vranten over for mændene. Og det var jo ikke det, de forventede. Så klagede de til Kenneth, og han havde straks en løsning.

”Nu skal du bare se,” sagde han, ”Jeg har de her små piller. De er rigtig gode. Dem skal du bare tage, så bliver du i godt humør igen. så blir du glad og smilende, sådan som mændene gerne vil have dig. Det der sure fjæs dur ikke. Så bliver det også meget nemmere og mere behageligt for dig selv.”

Det sidste var jo desværre rigtigt nok. Det var det, der gjorde de der piller så farlige. Min stakkels mør begyndte at tage dem, fordi det dumme svin påtvang hende dem. Men meget hurtigt fandt hun ud af, at de faktisk hjalp hende til bedre at kunne holde det ud. Det betød til gengæld også, at hun fandt sig i mere og mere. Det var sådan, hun begyndte at tage stoffer. Det varede ikke længe, før hun blev afhængig af dem for at kunne hen olde tilværelsen som luder ud. De mænd, der kom hos hende, var også blevet nogle lidt mere grove typer, i hvert fald mange af dem.

I løbet af de næste par år begyndte Kenneth at sælge stoffer i stor stil. På et tidspunkt blev han anholdt for det, dømt og sat i fængsel. Men det betød bare, at en af hans medhjælpere overtog rollen med at fastholde hende i den form for tilværelse, fordi han kunne tjene på hende. Det var en ung fyr, der var rigtig ubehagelig.

Men kort efter mødte hun en mand på omkring fyrre, som tilbød at hjælpe hende. Både med at slippe for den unge fyr, som han hurtigt fik sat på plads. Men også på andre måder. Han var åbenbart ret velhavende og tilbød at betale den gæld, som Kenneth havde fået læsset over på hende, så hun slap for det problem, som han kunne se plagede hende rigtig meget. Det var en stor lettelse for hende.

Han feterede hende og inviterede hende ud at spise, og sagde at han muligvis kunne skaffe hende en filmrolle eller måske en rolle i en tv-serie. Med det udseende og den udstråling, hun havde, måtte hun have et stort potentiale, mente han.

Men det bedste var, at han fritog hende for alle Kenneths luderkunder. De fik ikke lov til at komme hos hende længere, sagde han. i det hele taget virkede han næsten som sendt fra himlen. Så længe det varede. For det viste sig hurtigt, at han var det stik modsatte.

Han var et endnu mere dumt svin end Kenneth, og mere udspekuleret og bedre til at camouflere det lige i begyndelsen, hvor hun havde lært ham at kende. I virkeligheden var han rigtig erfaren som alfons, en af de hårde drenge – hvor Kenneth trods alt kun havde været amatør. Ham her var meget mere durkdreven. Han havde allerede flere kvinder, der arbejdede for ham.

Hurtigt blev hans gyldne løfter til det modsatte, da han kastede masken. For eksempel hans tilsyneladende så gavmilde løfte om at betale gælden fra Kenneths firma. For nu viste det sig pludselig, at det bare var et lån, han havde givet hende. Så nu skyldte hun bare pengene til ham i stedet for til Kenneths kreditorer – og han inddrev pengene med meget mere hårdhændede metoder. Det var med renters rente. Og det var ågerrenter, så gælden blev ved med at stige, uanset hvor hårdt hun kæmpede for at betale af på den. Hun var kommet fra asken og i ilden. Han havde ikke gjort det for at hjælpe hende, men for at få skovlen under hende. Nu var hun nødt til at arbejde for ham som prostitueret for at tjene nok til at betale af på gælden og renterne.

Og jo, hun slap for mændene fra Kenneths fester – men det var bare fordi han sendte hende nogle andre, der tit var værre – og flere af dem. Så nu kom hun for alvor på hårdt arbejde. Ikke bare derhjemme, men også i nogle sexklubber for det, der blev kaldt ”mænd med specielle interesser”. Når hun klagede over, at det var for hårdt, havde han altid en løsning parat, og løsningen var altid nogle stoffer, hun skulle tage, så hun sagtens kunne klare det alligevel. I starten var det nogle piller, senere også andre ting, hårdere stoffer. Det var der, hun blev rigtig hard core narkoman. Det var ham, der gjorde det. Det var ham, der ødelagde min mor. Bare fordi han så kunne udnytte hende og tjene en masse penge på at køre hende helt ned i skidtet. Det satans dumme svin.

Den filmrolle, han havde talt om – bare for at få det med også – det var jo selvfølgelig ikke i hverken en spillefilm eller en tv-serie, nej det var en rigtig ulækker pornofilm, hvor hun virkelig blev nedværdiget. Og pludselig var det ikke længere bare et tilbud – eller i hvert fald ikke et tilbud, hun kunne sige nej til. Og sådan var det hele vejen igennem.

Det var det, der virkelig ødelagde hende. Han udnyttede hende hårdt og skrupelløst. Det eneste, han ikke satte hende til, var at trække på gaden. Nok mest fordi han regnede med, at så blev der for meget spildtid. Så det foregik enten hjemme i vores lejlighed eller rundt omkring i forskellige ”nøgleklubber”. Det var nogle sexklubber for en fast gruppe af mænd. Nogle af dem var for ”mænd med specielle interesser”. Men nogle af dem var åbenbart så specielle, så hun var nødt til at fylde sig med en masse hårde stoffer for at holde det ud. Det var derfor, hun begyndte at tage heroin og blev stiknarkoman.

Det udmarvede hende så meget, så hun i løbet af få år blev et rent vrag. Allerede da jeg var 11, lignende hun en udslidt gammel narkoluder, hærget i ansigtet og uden lys i øjnene. Hun magtede kun at arbejde som prostitueret et par timer hver dag, liggende på en sofa, så syg var hun. Hvad var det dog, de havde gjort ved min smukke og dejlige mor. Jeg springer detaljerne over, om hvordan det foregik. Det var virkelig slemt. Jeg var som regel kommet hjem fra skole, når de sidste to-tre mænd var der. Jeg har ikke lyst til at tale om det.

Mændene ville ikke længere betale ret meget for at være sammen med hende. Men hun var nødt til at fortsætte, for hun skulle tjene penge både til ham alfonsen og til sine stoffer. Han havde truet hende til at lade være med at melde ham. Han havde gjort hende til et rystende nervevrag. Hun var blevet helt afhængig af heroin. Det var mig, der lavede mad og sørgede for, at vi fik noget at spise.

Da jeg var 12, døde hun af en overdosis, fordi hun havde taget nogle lortestoffer, som mange også havde fået problemer med. Det var ikke et selvmord. Det var nogle dårlige stoffer, hun havde købt, fordi hun ikke havde penge til at købe dem, hun plejede. Jeg græd i flere uger. Jeg vidste ikke, hvad jeg skulle stille op med mig selv.

Heldigvis var der nogen, der tog sig af mig. En af mors veninder, der også var narkoprostitueret, havde en storesøster, der slet ikke var inden for miljøet, men nærmest var det stik modsatte. Hun levede en pæn borgerlig tilværelse med fast arbejde og mand og to teenagebørn. Hun hed Inger og han hed Morten. Hun var kirkegårdsgraver, og han var regnskabschef i et mindre firma.

De havde flere gange taget sig af mig i kortere perioder, når min mor var for syg til det. Nu adopterede de mig, så jeg fik et trygt hjem. De var medlem af Pinsekirken og slæbte også mig med til møderne i kirken, men jeg havde det lidt svært med alt det der med det religiøse.

Men der kom mere ordnede forhold, for eksempel omkring skolen, hvor jeg måtte gå en klasse om, fordi jeg havde forsømt så meget, efter at jeg ellers var begyndt at klare mig lidt bedre i skolen i en periode.

Det var der midt i 80'erne, hvor punken var på sit højeste, og som 15-årig sprang jeg sammen med en veninde i skolen ud som punker med hanekam, der var farvet pink og lilla, og ringe alle vegne, og vi gik i det mest grimme og provokerende tøj, vi kunne finde.

Det var mildt sagt ikke populært inden for Pinsekirken, som det meste af Ingers og Mortens omgangskreds også var med i. så de gjorde hvad de kunne for at tale mig fra det, og lovede mig alt muligt til gengæld, hvis bare jeg ville holde op med at være punker.

Men troede de bare, at jeg var sådan en, der var til salg for den slags. Så måtte de da fandeme tro om igen. så det gjorde mig bare endnu mere stædig og modvillig og endnu mere opsat på at vise dem, at det var altså noget, som jeg selv bestemte. Efterhånden blev der flere og flere diskussioner og skænderier, fordi jeg stadig ikke ville overgive mig og blive en "pæn pige". Til sidst kørte det helt op i en spids, så det endte med at de smed mig ud, fordi de kunne holde til det længere.

Jeg havde hverken job eller bolig. Nogle gange kunne jeg sove hos en af de andre punkere, ellers måtte jeg sove på gaden. Heldigvis var det om sommeren. Efter et par uger lykkedes det mig at få et job som servitrice på en bar inde i byen. Det var et sted, der blev betragtet som lidt smart og progressivt, og hvor der også kom en del kunstnere og mediefolk. De har sikkert syntes, at det var sjovt at have sådan en punkertøs med pink og lilla hanekam og hele punkudstyret til at servere for dem. Især når hun fandt sig i at blive klappet på røven og taget på forskellige andre steder, for jeg havde hurtigt fundet ud af, at det var jeg nødt til at finde mig i, hvis jeg ville beholde jobbet.

Det blev hurtigt sådan, at jeg boede hos nogle af mændene på skift, typisk i et par måneder, nogle gange kortere, andre gange længere, indtil jeg skiftede til en ny. Så forventedes jeg til gengæld at stå til rådighed med at gå i seng med dem, når de havde lyst – som en slags betaling for tag over hovedet, en varm seng og lidt bedre mad. Og mulighed for at få et bad og skylle mit undertøj op i håndvasken. Men så slap jeg da i hvert fald for at sove på gaden, og jeg fik lidt mere faste rammer omkring min tilværelse, sådan for en måned eller to eller tre ad gangen. Der var altid nogle af mændene, der tit kom på baren, der var interesserede i mig – netop fordi jeg hurtigt fik ry for at være en billig tøjte. Det var især dem, der var en slags kunstnere eller havde lidt tilknytning til noget med medier. De almindelige druksutter, som der også var nogle af, gad jeg ikke.

Det var selvfølgelig lidt anstrengende i længden at leve på den måde. men alligevel holdt jeg den gående, til jeg blev 20. så lykkedes det mig at blive optaget på en uddannelse som lydstudietekniker. Det lød jo mægtig fint. Det var en af mændene på baren, der havde skaffet mig ind på uddannelsen. Så der troede jeg, at jeg havde været rigtig heldig. Men det var jeg jo så nok ikke helt alligevel.

For det viste sig, at det mest var noget med at slæbe nogle tunge forstærkere og højttalere og andet lydudstyr ind der, hvor det nu skulle bruges, og forbinde det på den helt rigtige måde, og så rulle kilometervis af kabler ud. Og bagefter så skulle alt udstyret afkobles og adskilles igen, og ofte slæbes ud til en bil, der skulle køre det et andet sted hen. Og så skulle der rulles kilometervis af kabler op på nogle store kabeltromler. Og al den slags. Kort sagt, alt det mest trivielle og kedsommelige arbejde, som ingen andre gad lave. Og samtidig være en slags stik-i-rend-pige, der kunne sættes til hvad nærmest hvad som helst, der faldt dem ind. Og "dem" var ikke engang nogle af de kendte musikere, sådan som jeg havde forestillet mig.

Men uddannelsen betød, at jeg kunne få S.U. og få et lille kollegieværelse. Så på den måde var det jo fint nok.

Sammenlignet med de år, hvor jeg havde boet på skift rundt omkring hos mange forskellige mænd fra baren i en kort periode, med alt hvad det indebar, for overhovedet at få tag over hovedet og et sted at sove, så var det selvfølgelig et kæmpe fremskridt."

Her sluttede Suzzie sin lange beretning. Det var noget af en mundfuld, syntes Bente. En form for tilværelse, hun ikke kendte til, men kun havde læst om. Det var utroligt, at Suzzie overhovedet havde kunnet holde det ud, syntes hun. Men det var blevet sent, og hun måtte se at komme hjem.

## Manden på biblioteket

Det var en af de tidlige sommerdage allerede i maj, at den der midaldrende mand var kommet ind på biblioteket, hvor Bente arbejdede. Det var en af de dage, hvor de havde aftenåbent og først lukkede klokken 20.

Ved nærmere eftersyn var han nu lidt mere end bare midaldrende, tænkte Bente. Han var da mindst gammel nok til at være hendes far. Han var kommet ind på biblioteket sammen med en af sine venner, en mand på nogenlunde samme alder, der vist bare var fulgt med som det tynde øl. De så ud som om de havde fået lidt at drikke begge to. Uden at de dog virkede fulde eller berusede.

Mere som to gamle venner, der havde siddet og drukket et par øl sammen. Men de var nu faktisk stille og rolige. Ham, der var med som den andens følgesvend, havde kigget lidt i nogle aviser og blade, når han da ikke holdt øje med sin kammerat. Han virkede lidt utålmodig efter at komme videre.

Men den anden havde stået tålmodigt ved skranken i lang tid og ventet på, at Bente skulle blive færdig med at ekspedere en meget snakkesalig ældre dame, der blev ved med at fortælle om sine oplevelser med familien og naboerne og stille nye spørgsmål, der krævede en lang og grundig forklaring.

Men han blev bare ved med at stå og vente. Selv om den anden bibliotekar, der også stod ved skranken, var ledig og flere gange spurgte ham, om der var noget, hun kunne hjælpe ham med. Men så rystede han bare på hovedet og fortsatte med at stå og vente. Som om han kun ville tale med Bente.

Det undrede hende lidt. De fleste andre blev hurtigt utålmodige, hvis de bare skulle vente et par minutter. Og så havde han flere gange set ligesom undersøgende eller vurderende på hende, mens hun stod og talte med den snakkelystne ældre dame. Men han var nu ellers flink og høflig. Der var noget ved ham, der fascinerende hende lidt, selv om hun ikke lige kunne sætte fingeren på, hvad det var.

Det, han spurgte efter, da det endelig blev hans tur, var også lidt specielt. En kogebog, sagde han først. Med ældre madretter, tilføjede han. det viste sig, at det var en ganske bestemt opskrift, han ledte efter. En opskrift på en bestemt madret, som hans bedstemor havde serveret for ham som barn. Han vidste ikke, hvad den hed. Det var jo lidt svært at finde frem til, når han ikke havde nogen særlig præcis erindring om, hvad den bestod af. Ud over at det var en gryderet med flere forskellige ingredienser i. Der havde vist både været nogle små kødstykker i, noget hakket kød, nogle grøntsager, blandet andet gulerødder, og nogle krydderier, som han ikke vidste, hvad hed.

Den slags gryderetter findes der jo mange af. Bente prøvede med nogle af de mest almindelige, men nej, det var vist ikke lige nogen af dem, mente han. der havde være noget helt specielt ved den, han kunne bare ikke huske, hvad det var. Hans bedstemor havde altid sagt, at det var en ganske særlig ret, der gjorde ham stor og stærk på grund af de specielle ting, der var i, ligesom når

Skipper Skræk spiste spinat – bortset fra, at de særlige ting, der var i hendes gryderet, var sjældne og svære at skaffe, havde hun sagt. Men hun ville aldrig sige, hvad det var for nogle ting.

Det var en ret, hun lavede til ham som en slags belønning, når han havde fået gode karakterer i skolen, eller når han havde været særlig flittig med at luge ukrudt i hendes egen store have – eller den ene nabos have, eller i genboens have, eller måske male plankeværket ind til den anden nabo. Den slags ting, som han ellers ikke var særlig vild med. Men det var først, da han var blevet stor nok til selv at tage med bussen hen for at besøge hende, uden at familien var med, for de ville sikkert ikke kunne forstå sådan en helt speciel urgammel madret, der kun var for de særligt udvalgte, sagde hun.

Nu havde han da virkelig fået munden på gled. Men det bragte bare ikke nogen løsning på, hvad pokker det kunne være for en ret. Det var alt for vagt og upræcist. Der var for lidt konkret at gå efter. Måske var det der helt specielle ved retten bare noget, hans bedstemor havde fundet på for at få ham til at gøre nogle ting, som hun ellers ikke kunne få ham til, tænkte Bente.

Så efter at have brugt temmelig lang tid på sagen og kigget i diverse kogebøger blandt dem, der stod på hylderne, måtte hun desværre beklage og lade ham gå med uforrettet sag.

## Sommerpensionatet i Tisvildeleje

Det var blevet den første dag i Bentes sommerferie. Vejret var fantastisk. Dansk sommer, når den var bedst. Vejrprofeterne havde spået, at det ville fortsætte i alle de 14 dage af hendes ferie, og endda længere endnu. Det var stadig kun i maj, og det tegnede til at blive en fantastisk sommer.

Bentes ferie lå så tidligt, for at få feriekabalen på biblioteket til at gå op. Alle de andre havde familie, eller i hvert fald en ægtefælle eller kæreste, som de også skulle tage hensyn til.

Hun havde brugt det meste af dagen til at pakke, så hun var klar til at tage af sted straks næste morgen. Hun var glad for, at Suzzie straks havde været villig til at overtage den der grisefest-ferie på Mallorca, som ifølge sagfører Munk var denne måneds krav til hende i onkel Georgs mærkelige testamente. Suzzie var blevet begejstret over at få sådan en rejse forærende kvit og frit. Der var kun to krav. Hun skulle lade som om hun var Bente over for de andre deltagere i selskabsrejsen, og så skulle hun føre lidt dagbog over, hvad der skete de enkelte dage – og tage nogle feriebilleder fra lokale seværdigheder. Samt gemme nogle regninger fra barer og restauranter og købe nogle souvenirs med hjem, så Bente havde noget at vise frem og noget at fortælle om, når hun skulle aflægge beretning om ”sin” ferie til sagfører

Munk. Det var vigtigt, at det virkede troværdigt, så der ikke var noget, han kunne sætte sin finger på.

Det hyggelige sommerpensionat i Tisvildeleje, det var meget mere Bentes stil. Der havde hun også holdt ferie de foregående år. stedet lå ikke langt fra stranden, og i det smukke sommervejr, det var blevet, betød det jo endnu mere.

Næste morgen tog hun så af sted. Hun kørte derop med toget som hun plejede. Hun kunne godt lide at køre med toget. Det var dejligt afslappende, syntes hun, især på de lidt længere togture. Hun skulle først med S-toget til Hillerød. Så var der noget ventetid på lokalbanens perron. Der var hele tre lokalbaner, der kørte videre nordpå fra Hillerød, så det gjaldt om at komme med det rigtige tog.

En af dem kørte til Frederiksværk og videre til Hundested, en anden til Helsingør. Den, hun skulle med, delte sig i to retninger undervejs. Den ene førte til Gilleleje, den anden til Tisvildeleje. Hun skulle med den til Tisvildeleje – helt til endestationen.

Det var en af de gamle orangefarvede skinnebusser, hun skulle med. Dem havde de kørt med i mange år. Der var en konduktør, der gik gennem de tre vogne mens toget kørte, så man kunne købe billet i toget. Det var der mange, der gjorde. Det plejede hun også at gøre. Det var det nemmeste. Konduktøren havde en gammeldags pengetaske, der var fuld af en masse mønter. De forskellige mønter lå hulter til bulter mellem hinanden, så når han skulle give penge tilbage, så gravede han med hele hånden ned i de mange mønter i tasken, så det raslede og klirrede, for at finde de rigtige mønter. I øvrigt havde han altid en munter og venlig bemærkning. Det virkede som om han virkelig kunne lide sit job.

Der var noget hyggeligt gammeldags over det, syntes Bente. For hende var det blevet en del af hele ferieoplevelsen på sommerpensionatet. Det var jo næsten som en tidslomme fra en svunden tid fra før verden gik af lave. Det var en del af charmen ved det.

Hun sad og kom til at tænke på nogle af sine tidligere sommerferier, helt tilbage til sin ungdom. Altså før hun begyndte at komme på det lille sommerpensionat i Tisvilde. Det begyndte hun jo først på, efter at hun var flyttet til København.

## Med Erik i Paris

Hendes tanker gled tilbage til en af de ferierejser, hun havde haft sammen med Erik. Hendes store ungdomskærlighed, som hun alligevel aldrig fik, da det kom til stykket. Men hun havde da haft et par gode år sammen med ham – og et par ferier, hun aldrig ville glemme.

Den gang, hun nu mindedes, havde de været i Paris. Første og eneste gang, hun havde været i Frankrig. Det havde været pragtfuldt. 14 dage i Paris i det skønneste forsommervejr. En uforglemmelig oplevelse. De havde selvfølgelig været rundt til nogle af de mest kendte turiststeder. Eiffeltårnet, Triumfbuen, Louvre. Moulin Rouge på

Montmartre, Tuillerierne og flere endnu. Men der var især en bestemt aften, som hun altid ville huske.

De havde siddet længe over middagen på en lille restaurant i den gamle bydel, og sikkert også drukket lidt mere rødvin end de plejede. Det var en rigtig lun sommeraften, hvor folk sad udendørs på fortovscafeerne og nød en kop kaffe med en avec selv sent om aftenen henimod midnat.

De var faret lidt vild i den gamle bydels krogede gader, men det anfægtede dem nu ikke særligt. De var slet ikke i humør til at blive anfægtet af noget. De var i sådan en stemning, hvor de forstod hinanden og sig selv og hvordan hele verden hang sammen. de forstod det hele uden ret mange ord, og de var ovenud tilfredse med resultatet.

De var åbne over for eventyret og det uventede, så det var kun spændende, at de ikke rigtig vidste, hvor de var og følte, at de nok var gået lidt vild i de små gader i den fløjlsbløde sommernat med den lune nattevind, der stille og blidt trak ind over denne del af byen og bragte en duft af lavendler med sig. Så gjorde det ikke så meget, at de havde mistet orienteringen og ikke rigtig vidste, hvordan de fandt tilbage til hotellet. Det løste sig nok, når den tid kom. De var slet ikke i humør til at tage sorgerne på forskud. Foreløbig var de kun optaget af at nyde hinanden og den magiske stemning, der var over det hele.

Men så begyndte det at regne. Først bare en ganske let og forfriskende sommerregn, som de ikke tog sig af. Men så tig regnen til, og snart øsregnede det. De måtte finde et sted at søge ly, ellers ville de blive dyngvåde. De havde jo hverken overtøj eller paraply. Inde i en baggård var der et stort træ, som de kunne søge ly under. Men snart begyndte det også at regne ned gennem trækronen.

De måtte finde et andet sted. Men hvor? I et hjørne af baggården var der et gammelt skur. Det blev vist ikke brugt til noget. De fik åbnet døren. Der lå et par sække og noget gammelt tøj, der så ud til at være kasseret, for det var meget slidt og hullet og lappet. Der var skrevet noget på sækkene, som de ikke lige kunne tyde.

Men der var plads nok til at de også kunne være der. så de krøb derind, mens de ventede på, at regnen skulle holde op. Kort efter hørte de uret på et kirketårn slå et – så nu var det altså blevet en time efter midnat. Lidt efter hørte de nogle stemmer ude i baggården. En kvindestemme gentog flere gange på fransk, at nu lukkede kroen. Så var der nogle modvillige mandestemmer og lyden af skridt, der forsvandt ud af gården og hen ad gaden. Bente og Erik var ikke klar over, at der åbenbart var en slags kro eller værtshus i et af husene. Det måtte være en bagudgang, der var her inde i gården.

Lidt efter lød der nogle skramlende lyde henne fra porten ind til baggården. Derpå nogle kraftige fodtrin tilbage til huset, hvor kroen måtte være, og en fransk stemme, der råbte til nogen derinde: ”Så er porten låst af for natten.”

De havde de ikke tænkt på, nogen af dem, hverken Bente eller Erik. Nu var de nødt til at blive i det lille ubekvemme skur hele natten, også selv om det holdt op med at regne. Det var ved at blive nattekøligt, så de tog noget af det gamle tøj fra sækkene omkring sig og lå tæt sammen for at holde varmen.

Men de havde svært ved at falde i søvn. De krøb tættere sammen, og pludselig – uden at nogen af dem havde planlagt det – udviklede det sig til en af deres hedeste elskovsnætter nogensinde. Bagefter faldt de i søvn og vågnede først ud på morgenen ved den skramlede lyd af porten, der blev åbnet og tårnuret på kirken, der slog syv slag.

Der lød fodtrin og mumlen af stemmer, der lød som om de kom ude fra gaden og bevægede sig ind gennem gården og hen til kroen, der åbenbart var ved at åbne allerede. Bente og Erik besluttede hurtigt, at de ville prøve at se, om de kunne få noget kaffe og lidt morgenmad der. søvndrukne som de var, havde de beholdt det gamle tøj fra sækkene på, som de havde taget på om natten for at holde varmen.

De fulgte efter et par mænd, der kom ude fra gaden og kom ind i et cafélokale, hvor en morgenfrisk kvindelig tjener straks spurgte, om de ville have kaffe og croissanter. De ville de gerne. De fik en god stærk morgenkaffe og friskbagte croissanter, der smagte fantastisk. Hende, der serverede, havde lagt mærke til tøjet, og spurgte, om de havde sovet ude i skuret. Bente forklarede situationen for hende. Servitricen lyttede opmærksomt og sagde, at det var helt okay, og hvis de ville have tøjet fra skuret med som en souvenir, kostede det et beløb, der svarede til 100 kroner. Bente fik pludselig den indskydelse at sige ja, for det kunne da være meget skægt at have det med hjem som et minde om denne her usædvanlige nat.

Hun hørte et par af de lokale mumle noget om "tossede turister", men det var hun ikke i humør til at tage sig af.

Alle de andre morgengæster på cafeen var mænd, sikkert arbejdere fra de omliggende gader, der spiste morgenmad her på vej hen til deres arbejde.

Servitricen fyldte rundhåndet Bente og Eriks kaffekopper op og spurgte, om de ville have flere croissanter. De fik et par stykker til og endnu en kop kaffe. De betalte og sagde farvel til den flinke servitrice.

De gik over i skuret og fyldte noget af tøjet i to sække. Det var et par gamle jutesække, der kunne bindes til foroven. På dem begge var der med gammeldags skabelonskrift malet et lidt klodset logo og ordene "Pour renovation". Erik syntes ganske vist, at det var lidt fjollet at tage dem med, men Bente insisterede. Nu havde de jo også betalt for det. Hun ville have dem med som et minde om den helt utrolige nat, hun havde tilbragt sammen med sin elskede i et skur i en parisisk baggård. Så det endte med, at de slæbte af sted med hver sin sæk med gammelt tøj. Senere tog de dem endda med hjem. Hun havde gemt sin lige siden og hæget om den som et romantisk minde om sin alt for korte, lykkelige tid sammen med sin Erik, inden det viste sig, at alt det, hun havde regnet med og håbet på, at det skulle blive til mellem de to, alligevel ikke blev til noget. Hun tog sækken med, da hun flyttede til København, og den stod stadig i pulterrummet, der hørte til hendes lejlighed.

Men den morgen i Paris, da var de stadig forelskede og lykkelige og kun optaget af hinanden. Det var for længst holdt op med at regne. Nu var det blevet en smuk sommermorgen med gyldent solskin. Tæt omslynget slentrerede de af sted med hver sin sæk i den anden hånd, ad nogle små gader, indtil de kom ud til en større vej, hvor de kunne praje en taxi, der kørte dem tilbage til hotellet.

Da de var nået tilbage til deres hotel, skulle de lige have en ekstra kop kaffe. Og så op på hotelværelset til den store, bløde dobbeltseng.

## Ferien begynder

Bente vendte tilbage til nutiden med et sæt, da toget passerede en ubevogtet jernbaneoverskæring og udstødte noget, der lød som kraftige hvin for at advare de kørende på vejen.

Bente havde helt glemt tid og sted, mens hun sad og hengav sig til de gamle minder. Som altid, når hun kom til at tænke på det, var hun blevet lidt rørt, så hun måtte lige finde et par kleenex'er frem og tørre et par tårer væk fra øjenkrogen og pudse næse et par gange.

Men nu var hun blevet småsulten og trængte til lidt at spise. Så hun fandt posen med et par boller med ost og skinke, som hun havde med hjemmefra, og guffede dem i sig. Hun havde også en flaske med noget frugtsaft.

Toget var vist efterhånden kommet lidt mere end halvvejs på sin rute. De havde kørt gennem en længere skovstrækning og kørte nu ude på det åbne land, mellem kornmarker, rapsmarker og græsmarker med græssende køer. Toget holdt ved mange små stationer og trinbrætter undervejs, hvor der tit kun var en enkelt passager eller to, der skulle af eller på. Det gjorde ikke ligefrem togrejsen hurtigere, så Bente måtte væbne sig med tålmodighed.

Hun fandt en bog frem fra tasken. Det var Ursula K. LeGuins lille roman ”Verden er skov”, som hun var i gang med at genlæse. Det var en af hendes yndlingsforfattere.

Omsider ankom toget til Tisvildeleje, som var endestationen. Det var her, sommerpensionatet lå. Hun tog sin lille rygsæk på og trak afsted med en kufferttrolley i hver hånd. Der var ikke langt at gå. Som altid smilede hun lidt, da hun kom til en vej, der hed Solvej. Et stykke nede ad vejen lå der et sommerhus, hvor navnet på husets ejer stod på et lille skilt på havelågen: Solveig Jensen. Der skulle ikke så meget til for at more hende, når hun var i feriehumør. Lidt længere henne voksede der nogle særlige blomster, der altid tiltrak en masse store brogede sommerfugle. De var enormt flotte. Dem stod hun og kiggede lidt på, inden hun gik videre.

Så skulle hun bare ned ad et par små veje til, og så var hun der. hun blev som altid modtaget med en næsten overstrømmende velkomst af fru Jakobsen, der var den, der drev pensionatet, og som gjorde sig stor umage for at alle skulle befinde sig godt og nyde opholdet mest muligt.

Bente kunne lige nå en kop eftermiddagskaffe, hvor hun fik hilst på nogle af dem, hun kendte fra de tidligere år. så var det op på værelset og pakke ud, og lige friske sig lidt op, og så var det snart ved at være tid til aftensmaden.

Som altid var middagen den første aften noget særligt, tilberedt efter fru Jakobsens egen opskrift. Det var noget med nogle grillede kyllingevinger i en speciel krydret sovs efter fru Jakobsens hemmelige opskrift, serveret med små friskopgravede gulerødder og nogle af årets første nye danske kartofler. Til dessert var der en særlig let og luftig gulerodskage. Det smagte fantastisk, syntes Bente. I år havde de da virkelig overgået sig selv.

Efter middagen var der en kop kaffe, og senere på aftenen selvfølgelig den store aftenkaffe med noget lækkert brød til. Bente nød gensynet med dem, hun kendte, og som hun lige skulle hilse på. og vejret i år tegnede til at blive fantastisk. Der var noget at glæde sig til.

Det sidste, hun tænkte på den aften, inden hun faldt i søvn, var en kærlig tanke, hun sendte Suzzie, fordi hun så beredvilligt havde påtaget sig den der skrækkelige Mallorca-ferie, som onkel Georgs testamente ellers havde været tæt på at påtvinge hende, men som heldigvis var blevet afværget, så hun alligevel kunne komme herop og holde ferie som hun plejede, og som hun elskede.

Bente nød sin ferie i fulde drag. Det var så dejligt at være i Tisvildeleje igen, at være tilbage på det gode, gamle sommerpensionat, hvor alting var som det plejede at være. Det havde man altså brug for en gang imellem i disse omskiftelige tider, syntes hun. Der blev talt meget om årtusindskiftet, der kun lå et par år forude. I det hele taget gik udviklingen på mange områder meget hurtigt, så der tit blev givet køb på de gode gamle dyder.

Det var et tilbagevendende tema i snakken mellem de ældre damer, der udgjorde hovedparten af sommergæsterne på pensionatet. Bente kunne såmænd godt være enig i en hel del af det, men på den anden side skulle man heller ikke overdrive det, syntes hun. Der skete jo trods alt også mange fremskridt. Det var ikke alt nyt, der var dårligt.

Det med al snakken om årtusindskiftet syntes hun faktisk også lød temmelig overdrevet. Som om man forestillede sig, at tingene ville blive helt anderledes i det nye årtusind. Det var jo bare et tal, der skiftede. Det kunne da godt være, at der måske var nogle computere, der lukkede ned, fordi de ikke var programmeret korrekt til at håndtere, at alle fire cifre i årstallet skiftede – men hvad så? Alting brød vel ikke sammen af den grund.

Selvfølgelig skete der hele tiden ændringer af mange ting i samfundet. Det anerkendte hun selvfølgelig. Også i Bentes egen tilværelse var der begyndt at ske flere ting end der plejede. Alle de der specielle ting i onkel Georgs testamente for eksempel. Og det der mystiske postkort i rygsækken, der tydede på et meget tættere forhold mellem hendes far og hendes ekskæreste Carl-Emil, end hun før havde været klar over. Og forældrenes hus, der havde været belånt til op over skorstenen. Og hendes niece Suzzie, ”familiens sorte får”, som hun først havde mødt for et par måneder siden, og som lod til at være meget bedre end sit rygte – faktisk rigtig sød, selv om hun selvfølgelig var en helt anden type end Bente selv. Det var Suzzies skyld, at hun igen i år kunne nyde sin ferie i Tisvilde, i stedet for at blive jaget af sted til grisefester på Mallorca. Gad vist, om det også kunne lade sig gøre til næste år? Men dette spørgsmål rystede hun hurtigt af sig. Nu ville hun bare nyde sin ferie her på det gode gamle velkendte pensionat.

Her var alt som det plejede. Lige bortset fra, at der var kommet en ny køkkenpige i stedet for gamle frøken Mortensen, der var gået på pension. Den nye hed Annette, men hun var både sød og fornuftige og virkede ikke som en, der ville lave om på de gamle traditioner. Det var det, der var så dejligt ved et sted som dette – at alting var som det plejede at være. En tryghedens beroligende bastion midt i en omskiftelig verden.

De fleste af de andre sommergæster på pensionatet kendte hun fra de foregående år, så det var et hyggeligt gensyn. De fleste af dem var mindst dobbelt så gamle som hende, men det gjorde ikke noget. Det var livskloge ældre damer, der kunne fortælle mangt og meget, som de havde oplevet gennem et langt liv. Det kunne hun godt lide. Det var tit interessant at høre på, syntes hun. I år var der slet ikke nogen mænd, og det passede hende faktisk udmærket.

Det var skønt at være ved stranden og kunne gå i vandet, når det passede hende. Og så det fantastiske sommervejr. Bare det at stå tidligt op sådan en smuk solfyldt sommermorgen, og så gå ned til stranden og tage sig en frisk svømmetur inden morgenmaden – det var vidunderligt. Hun priste sig endnu en gang lykkelig for, at Suzzie straks havde tilbudt at tage den besværlige ferie på Mallorca. Suzzie var virkelig en skat, at hun havde påtaget sig opgaven. Men hun havde vist slet ikke noget imod det – tværtimod. Hver sin lyst. Bente brød sig bare ikke om den slags. Det havde hun aldrig gjort. Men Suzzie boltrede sig vist nærmest i det.

Maden på pensionatet var som sædvanlig ganske udmærket. Lidt gammeldags måske, ville mange nok sige. Det var nok nærmest det, man kaldte mormormad. Det var ikke den slags, hun spiste til daglig. På det område var hun meget mere opdateret på sund og moderne, ernæringsrigtig og fedtfattig mad med hovedvægten på grønsager og intet, eller i hvert fald meget lidt kød. Men den mere gammeldags mad, som hun huskede fra sine egne bedsteforældre, hørte ligesom med til stedet her, og var en del af hele den lidt nostalgiske stemning på pensionatet. En slags tidslomme, kunne man næsten sige – tilbage til en mere rolig og harmonisk tid. Meningen med en ferie var jo netop, at den skulle adskille sig fra hverdagen.

Både frøken Rasmussen og frøken Petersen og gamle fru Johansen var der i år. De havde altid så mange interessante historier at fortælle. Hver aften samledes de i pejsestuen over aftenkaffen, der plejede at vare i flere timer, og så fortalte de løs. For dem, der ville høre på det, naturligvis. Der var ingen tvang. Der blev også serveret aftenkaffe for de andre. Der var også nogle, der gik tidligt i seng, og nogle, der foretrak at gå en lang aftentur i de smukke sommeraftner. Det kunne man jo selv bestemme.

Men Bente var altid en ivrig tilhører til de gamle damers beretninger. Frøken Rasmussen var nok den, der havde de mest interessante historier, fordi hun havde rejst meget, og i det hele taget oplevet så utrolig mange ting. Men de to andre var nu også gode og kunne undertiden komme med nogle virkelig tankevækkende pointer.

# Bentes roman – og Christians

Bente var gad for, at hun havde været så heldig med vejret. Det var rigtig varmt sommervejr og strålende solskin hver dag, selv om det var så tidligt på sæsonen. Der havde været nogle år, hvor vejret havde været temmelig forfærdeligt. Hvor det havde været køligt og regnfuldt næsten hele tiden. Så gjaldt det om at hygge sig indendørs, og så var historiefortællernes mange beretninger virkelig i høj kurs. Om ikke andet, så som en slags nødløsning for at få det bedste ud af det.

Men i år var det, som det skulle være. Hun var på stranden hver dag. Først hendes tidlige morgenbad i bølgerne. Så tilbage til en god og solid morgenmad sammen med de andre. Og så ned på stranden igen om formiddagen.

Hun plejede at gå hen til kilden for at komme ned til stranden. Ellers var der en høj skrænt hele vejen hen. Men neden for skrænten var der sandstrand. Kilden hed Sankt Helene Kilde. Men det havde den ikke altid heddet. Helt tilbage i hedensk tid havde den heddet Tyrs Væld, opkaldt efter den gamle nordiske gud Tyr fra dengang man dyrkede Odin og Thor. Det havde hun læst et sted. Og Tyrs Væld, det er da noget af et navn til en kilde, tænkte hun. Det var så det, der senere blev til navnet Tisvilde.

Om formiddagen sad hun tit på et håndklæde i sandet nede på stranden og læste i en bog eller tænkte på sin roman. Den, som hun tænkte på, at hun gerne ville skrive. Om den der engelske kvindelige forfatter, der var afhængig af nogle gamle, sjældne roser af en ganske bestemt slags, der havde en helt vidunderlig duft. Det var dem, der satte hendes inspiration i gang. Uden dem kunne hun ikke komme i gang med at skrive. Og det var et problem, fordi den ganske bestemte slags roser kun fandtes i gamle herregårdsparker og lignende. Bente kunne ikke nægte, at hun havde forelsket sig lidt i den idé med de gamle, sjældne roser og hele den stemning af gammel engelsk landlig idyl, som den lagde op til. Men hun bare temmelig svært ved at komme i gang med at skrive på den for alvor.

En formiddag, da hun sad nede på stranden og lyttede til de små bølger, der klukkede ind mod stranden, kom hun til at tænke på Christian og hans idé om at skrive en kontrafaktisk roman om Struensee, der i praksis havde regeret landet i nogle få år i 1700-tallet under den sindssyge Kong Christian 7, og alle de reformer, som Struensee ville lave i det danske samfund, indtil han blev styrtet og henrettet. Det forekom hende pludselig, at det var meget mere spændende end hendes egen idé om den engelske forfatterinde med roserne, som der i virkeligheden ikke var så meget kød på.

Hun sad faktisk og fik et par ideer til, hvordan det kontrafaktiske kunne komme i stand. Hun forestillede sig, at Struensee en sen aften havde brug for konges underskrift på en kabinetsordre, så den kunne træde i kraft straks næste morgen. Men kongen var ikke på slottet, og derfor var han gået ud i byen for at lede efter kongen. Det var velkendt, at den unge Christian 7. ofte turede rundt på alle mulige værtshuse og bordeller. Struensee havde allerede været rundt på adskillige af dem uden at finde ham. På et tidspunkt kom han så til den kombinerede salon og bordel for byens overklasse, som blev drevet af den luksusprostituerede, der gik under navnet Støvlet-Katrine. Der var kongen heller ikke, men der var heller ingen andre mænd på det tidspunkt, så hun var alene og havde ikke noget at lave. Så hun syntes, det kunne være interessant at snakke lidt med ham Struensee, der jo faktisk regerede landet i kongens navn, og finde ud af, hvad han var for en fyr.

Hun havde egentlig sympati for hans projekt, for der var mange ting, der trængte til at blive lavet om. Men nu fik hun bekræftet sit indtryk af, at han gik for hurtigt frem og var ligeglad med, hvem han trådte over tæerne af de indflydelsesrige grupper i samfundet. Og det forhold, som det sagdes, at Struensee var ved at indlede til dronningen, ville være en katastrofe.

Hun besluttede efter en længere samtale med ham, hvor hun havde dannet sig et indtryk af ham som person, at hun ville prøve at bruge sine forførelseskunster til at dreje hans erotiske interesse væk fra dronningen og over på sig selv. Forholdet til dronningen var den første forhindring, der skulle ryddes af vejen. Ellers ville han få alt for mange imod sig alene af den grund. Dernæst måtte han bibringes noget viden om, hvordan tingene fungerede i det danske samfund, og hvilke af de dominerende samfundsgrupper, det var vigtigt at holde sig gode venner med. Han troede tydeligvis, at når kongen var enevældig, så kunne han gennemføre, hvad han ville. Men sådan fungerede det jo ikke. Og da slet ikke under en svag konge. Selv om kongen var enevældig, så var der stadig nogle kredse omkring hoffet og nogle andre samfundsgrupper, som for eksempel adelen og embedsmændene, der havde nogle etablerede interesser og forskellige goder, som de ikke ville give afkald på. Så Støvlet-Katrine var blevet en slags uformel rådgiver for ham om forholdene her i landet, som han jo som udlænding, der kom fra Tyskland, ikke vidste noget om.

Nogenlunde sådan forestillede Bente sig, at det måske kunne være gået til. Hun var blevet helt grebet af ideen og kunne godt tænke sig at skrive videre på det. Men det var Christians idé, og den ville hun ikke hugge fra ham. Hvor var det ærgerligt, at det var kommet til et brud mellem dem den aften, hvor han havde inviteret hende ud at spise. Så blev alt det, de havde talt om med Struenseeselskabet nok heller ikke til noget. Både det og det med romanen kunne ellers have været rigtig spændende. Hvor ville det have været dejligt at have kunnet diskutere det med ham. Var han virkelig blevet så skuffet over, at hun havde afvist ham, da han begyndte at blive romantisk, så han slet ikke ville have noget at gøre med hende efter det. Og så var han åbenbart ligeglad med alt det andet, som for eksempel det med Struensee og de andre ting, de havde talt sammen om.

# Manden på stranden

På sine morgenture til stranden havde Bente flere gange lagt mærke til en mand, der også var morgenbader ligesom hende selv. Han var vist nogenlunde på alder med hende, måske nogle år ældre. Han så ud til at være i god form, uden ligefrem at ligne en bodybuilder. Tre morgener i træk havde han været på stranden, allerede når hun kom derned om morgenen, selv om hun også var meget tidligt på færde. Faktisk så tidligt, så der kun var de to. En af morgenerne havde han sat sig på en bænk i det græs- og kratbevoksede område bag stranden. Han sad og læste i en bog, kunne hun se. Hun tænkte, at hun ville spørge ham om, hvad det var for en bog, han læste i, når hun nåede derhen. Stien, hun gik på, førte næsten lige forbi.

Der var stadig et lille stykke vej derhen, da hans mobiltelefon pludselig ringede med en høj, skurrende lyd, der næsten sønderrev de smukke morgenstemning. Han tog den og sagde, "Ja, det er Lars." så en lille pause, hvor den anden åbenbart sagde noget. Så sagde han "Ja, jeg kommer med det samme." så tog han sine ting, rejste sig hurtigt og skyndte sig af sted ud mod vejen. Det gik så hurtigt, så han slet ikke lagde mærke til, at han tabte bogen, han havde læst i, ned på jorden foran bænken. Han var allerede langt væk, da hun nåede derhen. Hun samlede bogen op og tog den med. Hun tænkte, at så kunne hun give den til ham ved lejlighed. Hvis den bare blev liggende der på jorden, hvor han havde tabt den, så ville den jo blive ødelagt, hvis der for eksempel kom en regnbyge. Eller måske kom der en og stjal den. Men lige nu var hun mest optaget af, hvorfor han pludselig havde fået så travlt. Det var jo ganske tidligt om morgenen, før de fleste stod op. Han var åbenbart blevet kaldt væk – men til hvad? Var han måske læge og var kaldt ud til en patient, der havde fået det værre? Eller måske havde han en ansvarsfuld lederstilling i et firma, hvor han kunne blive kaldt ud for at løse en hastesag. Så måske var han slet ikke på ferie. Måske boede han heroppe for at være midt i den smukke natur året rundt.

Men foreløbig tog hun bogen med. Hun ville lige kigge lidt i den for at se, hvad det var for noget, inden hun leverede den tilbage til ham. som bibliotekar vidste hun, at det kunne fortælle meget om en person, hvilke bøger han læste. Men det måtte vente til senere på dagen. Det var en gammel bog med et stift bind, der var helt anonymt. Der stod hverken titel eller forfatternavn. Men nu skulle hun skynde sig tilbage til pensionatet og redde sig en god gang morgenmad. Det kunne ikke gå hurtigt nok. Morgenens oplevelser havde kun stimuleret hendes appetit.

## Deirdre Blackstones inspiration

Bente havde siddet på sit tæppe nede på stranden det meste af formiddagen. Hun havde også været i vandet og tage en svømmetur et par gange. Nu sad hun og så ud over det solglitrende hav med de små bølger, der løb ind mod stranden.

Efter at have taget en lille slurk af dåsen med juice tænkte hun igen på sin roman, og hvor den skulle foregå henne. Hvem skulle hovedpersonen være? Nu var hun vist blevet mere inspireret end forleden. Hvad med England? Ude på landet i Sydengland. En hyggelig lille landsby med et stort gods i nærheden. Med en stor, smuk park med smukke blomsterbede og gamle, sjældne roser. En hyggelig pub, hvor de lokale mødes. Den hedder sikkert ”The swan and the turtle” – svanen og skildpadden – eller noget i den retning.

Og så er der en forfatter, der bor i den by. En kvindelig forfatter. Ikke helt ung, men heller ikke gammel. Måske 35 eller 40. højst 45. det er hovedpersonen. Hvad hedder hun? Det skal være et rigtigt engelsk fornavn. Ikke noget med Ann eller Susan. Heller ikke Jane eller Betty. Noget lidt mere specielt. Måske Deirdre? Ja, det skulle hun hedde. Deirdre Blackstone.

I tankerne formulerede hun de første par sætninger i bogen:

”Deirdre Blackstone var ikke en af Englands allermest læste forfattere. Det var hun ikke. Men hun havde sit publikum. Det havde hun helt bestemt. En lidt mindre og mere udsøgt kreds af læsere. Hendes bøger var ikke for hvem som helst. Kun for kræsne og kvalitetsbevidste læsere."

Og så skulle der nok være noget med, at hun hver dag går en tur i den store smukke park, der hører til jarlens gods, og der tilbringer hun mindst en time med at gå rundt i parken og dufte til de sjældne gamle roser, der har en meget smukkere og stærkere og mere speciel duft end nutidens roser, men som næsten ikke findes nogen steder længere, fordi de er så vanskelige at dyrke. Det er roserne og deres helt specielle duft, der inspirerer hende til at skrive sine bøger. Næsten ligesom i Marcel Prousts berømte "På sporet efter den tabte tid", hvor det er en bestemt slags kager – madeleine-kager – der bringer minderne frem og igangsætter handlingen.

Deirdre Blackstone skrev kun på sine bøger i rosensæsonen. Hele vinteren lå hun brak. Det seneste 10 år havde hun udgivet én bog hvert år.

Bente kom til at se på sit ur. Den var allerede over halv tolv. Så måtte hun hellere se at komme tilbage til pensionatet, hvor der blev serveret frokost klokken tolv præcis. Hun skulle jo lige nå at nette sig lidt, og skifte tøj til noget lidt mere tækkeligt. Så hun skyndte sig at pakke sine ting sammen og gik afsted. Hun prøvede at gentage de sætninger, hun i tankerne havde formuleret som start på sin bog, så hun kunne huske dem og sørge for at grifle dem ned, når hun var færdig med at spise frokost.

## De gamle roser i Lord Williams park

Næste formiddag sad Bente på stranden igen. næsten på samme sted. Nu var hun vist begyndt at komme rigtig godt i gang med sin roman. Hun havde husket at grifle den der begyndelse fra i går ned i løbet af eftermiddagen i går. Nu gik hun som det første i gang med at skrive det rent.

Så sad hun og tænkte lidt over, hvordan teksten skulle fortsætte. Jo, nu havde hun det:

Godsets park var ikke åben for landsbyens beboere. Når Deirdre alligevel fik lov til at gå en lang tur i parken hver dag og dufte til alle de roser, hun ville, var det en særlig form for gunstbevisning, der skyldtes hendes families mangeårige relationer til Jarlen af Willowby. Lord William var den 21. jarl, der residerede i Willow House, og han nærmede sig nu de 90, hvis han da ikke var endnu ældre. De kvindelige medlemmer af Deirdres familie havde i mange generationer været stuepiger på godset, indtil man for små 50 år siden var gået over til kun at ansætte tjenestefolk af asiatisk oprindelse, især for kvindernes vedkommende, samtidig med at deres antal blev reduceret en del.

Den slags gamle traditioner blev stadig på nogle områder holdt i hævd selv her i den moderne tid. Men den egentlige grund til, at Deirdre som en af de få fik lov til at færdes så meget og så frit i parken, lå et andet sted. Det skyldtes, at den aldrende jarl elskede at høre Deirdre spille på fløjte, mens hun sad på den lille sofa med det slidte mosgrønne betræk, som hendes mor og mormor havde siddet på før hende, og endda i den samme sorte fløjlskjole, eller i hvert fald en magen til, og med håret sat op i en frisure fra hendes mormors ungdom. Først når fløjtespillet var gennemført på tilfredsstillende vis, blev hun sluppet løs i parken.

Lord William havde i sine yngre dage været kendt for at have et næsten faderligt forhold til visse af sine kvindelige tjenestefolk, hvis de af en eller anden grund faldt særligt i hans smag. Og det gjorde kvinderne i Deirdres familie åbenbart. Selv havde hun ikke nogen børn.

Denne hans præference var formentlig årsagen til, at han – for både Deirdres mormors og mors vedkommende, og senest for Deirdres eget vedkommende – allerede, da de var helt unge, havde bekostet flere års uddannelse på dem inden for fløjtespillets vanskelige kunst hos nogle af de største og mest anerkendte mestre i hele denne landsdel. Dygtigt og perfekt udført fløjtespil af de store klassiske komponisters værker var nu engang hans absolut foretrukne musikform.

Den lange tur rundt i parken, ombølget af rosernes fantastiske duft, var som en daglig vederkvægelse, hun ikke for alt i verden ville have undværet. Det var her, hun pludselig forstod ting. Det var her, hun følte, at hun blev klogere. Det var her, hun samlede inspiration til sine bøger. Når hun efter en times tid – undertiden mere – forlod parken af en lille sideindgang, der kun kunne åbnes indefra, og som ellers kun blev benyttet af gartnerne, der passede den store park, så grinede hun sin helt specielle latter, der hverken lød som små ringlende sølvklokker eller som en rå tobaks- og whiskylatter fra et natværtshus, men alligevel rummede noter af dem begge, som hendes onkel Ronny ville have sagt. Han var ikke alene vinkender, men også en stor kender af kvindelatter i dens forskellige afskygninger, og havde i mange år været en hyppig og absolut ikke upopulær stamgæst på "The swan and the turtle", som han for det meste kun forlod for at gå hjem og sove."

Bente lagde papiret fra sig. Det var så, hvad det kunne blive til i denne omgang. Nogle af de sætninger, hun havde fået kradset ned, undrede ganske vist hende selv med deres snørklede form. Men nu var der da kommet gang i historien. Det var sikkert udmærket med lidt mystik, og noget som læserne kunne undre sig over – som for eksempel, hvorfor Deirdre griner den der specielle latter, når hun forlader parken ad den lille sideindgang. Det vidste Bente faktisk ikke engang selv, men det fandt hun vel ud af, når hun skrev videre på historien.  Det var sikkert også meget godt at bringe Deirdres mere folkelige onkel Ronny ind i billedet som en kontrast. Det håbede hun i hvert fald. Nu måtte hun jo se, hvad det udviklede sig til. Det skulle ikke være for enkelt og lige ud ad landevejen, for så begyndte læserne bare at kede sig.Hun var selv lidt overrasket over sin fantasi, men det var vel egentlig en meget god begyndelse, syntes hun. Men nu var tiden løbet fra hende, og hun måtte næsten løbe for at nå at komme tilbage til pensionatet, inden der blev kaldt til frokost.

## Hun måtte finde på en god forklaring

Allerede i toget hjem fra de to dejlige uger på sommerpensionatet havde hun tænkt på nogle af de opgaver, der ventede på hende. Alle bøgerne på biblioteket skulle lægges ind i et computersystem i stedet for det gamle system med kartotekskort, og hun var en af dem, der skulle stå for en del af det. Men der var også en anden vigtig ting, der ventede på hende, nemlig det næste møde hos sagfører Munk, hvor hun skulle fortælle om ferien på Mallorca. Hun ville virkelig håbe, at Suzzie havde noteret lidt ned, og havde sørget for de andre ting, de havde talt om. Hun var ret spændt på at mødes med hende og høre, hvordan det var gået.

Allerede dagen efter Suzzies lidt rodede beskrivelse af sin ferie, begyndte Bente at spekulere over, hvordan hun skulle gribe det an. Hun måtte strikke en beretning sammen om ”sit” ferieophold på Mallorca, der lød overbevisende nok til at sagføreren uden videre ville tage den for gode varer. Han måtte for alt i verden ikke opdage, at hun slet ikke havde været på Mallorca, men havde sendt en stedfortræder i form af Suzzie. Hvis han fandt ud af det, så ramlede det hele. Hun vidste ikke rigtig, hvordan hun skulle gribe det an.

Det havde nok været en dårlig idé at snyde med det og sende Suzzie af sted i stedet for selv at tage af sted. Hun havde bare slet ikke haft nogen som helst lyst til den type ferie. Men det var en betingelse for, at de månedlige udbetalinger fortsatte. Ellers ville hun gå glip af hele resten af den store arv på flere millioner kroner. Sagføreren havde flere gange understreget, at det afhang af, at hun hver måned opfyldte det krav, der var opstillet i testamentet. Der var desværre ikke nogen mulighed for at dispensere for det, sådan som det var formuleret i testamentet, sagde han. Han var helt enig med hende i, at det var en meget usædvanlig måde at lave et testamente på, men som sagfører var han nødt til effektuere de bestemmelser, der stod i testamentet, uanset hvad han selv mente om det.

Så der havde faktisk ikke været nogen mulighed for at sige nej. Selv om hun faktisk havde overvejet at gøre det alligevel, fordi hun ikke ville lade sig drive rundt i manegen på den måde. Men det ville alligevel være for dumt at gå glip af alle de penge af den grund. Hun havde selvfølgelig også overvejet, om hun skulle bide i det sure æble og tage til Mallorca alligevel, selv om hun så ville gå glip af de to ugers ophold i Tisvilde, som hun hvert år så frem til. Hun havde virkelig været i tvivl om, hvad hun skulle gøre. Og da Suzzie så havde tilbudt at tage af sted og lade som om hun var Bente, havde det virket som sådan en oplagt løsning på hendes dilemma, så det havde hurtigt bortvejret hendes betænkeligheder ved at prøve på at snyde med det.

Det begyndte hun nu at fortryde. Og nu kom frygten for, at det skulle blive opdaget. Sandt at sige var Suzzies notater heller ikke noget at råbe hurra for. De var meget kortfattede, og der var store huller i dem. Der var dog heldigvis også nogle feriebilleder og et par souvenirs og nogle regninger fra barer og restauranter i den pose, som Suzzie havde afleveret til hende i den åbne gadedør, inden hun skulle skynde sig hen og mødes med en helt fantastisk lækker fyr, der havde været med det samme rejseselskab på Mallorca og som boede på Nørrebro ligesom Suzzie.

Bente ringede til hende flere gange i løbet af dagen, men Suzzie var åbenbart blevet helt opslugt af den der fantastisk lækre fyr. Hun tog i hvert fald ikke sin telefon, heller ikke om aftenen. Så det var først næste dag ved middagstid at hun omsider fik fat på en søvndrukken og stærkt tømmermandsplaget udgave af Suzzie, som hun uden større held prøvede at få til at udfylde nogle af hullerne i sin mangelfulde skildring af, hvad hun havde oplevet på sin tur til

Mallorca. Så det kom hun ikke ret meget videre med.

Bente bryggede sig en god stærk kande te og satte sig til at tænke situationen igennem. Hvad skulle hun nu gøre? Skulle hun prøve selv at udfylde nogle af hullerne med noget, som hun syntes lød sandsynligt. Eller skulle hun nøjes med et mere kort, men til gengæld meget overstrømmende og begejstret referat? Men hvad så, hvis sagføreren begyndte at stille nogle uddybende spørgsmål, som hun ikke havde forberedt sig på?

Hun fandt rejsebureauets katalog frem. Der var en side om den rejse. Der stod i hvert fald navnet på hotellet og hvor fantastisk smukke omgivelserne var. Men ellers var det nu ikke til ret megen hjælp. Der stod dog lidt detaljer om den store grisefest, som Suzzie åbenbart havde været for fuld eller for optaget af nogle andre ting (som for eksempel nogle lækre fyre?) til at gøre noget ud af i sin korte beskrivelse.

Men det duede jo heller ikke bare at skrive af efter rejsebureauets katalog. Det ville sagføreren sikkert hurtigt gennemskue. Det skulle helst virke som hendes egen personlige oplevelse af det. Men hun havde aldrig selv været til sådan en grisefest, hverken på Mallorca eller andre steder, så hun vidste faktisk slet ikke, hvordan det foregik, sådan mere i detaljer.

Efter at have tænkt lidt mere over det og prøvet at kradse et par udkast ned, som hun straks kasserede igen, besluttede hun at vente til dagen efter og så ringe til Suzzie igen, i håb om at hun så var kommet mere fri af tømmermændenes hærgen. Men næste dag var mandag, hvor hun skulle begynde på biblioteket igen, så hun måtte nok vente til om aftenen, når hun var kommet hjem fra arbejde.